JN097079

北海道豆本 series43

爪句

TSUME-KU

@365日の鳥果

爪句集 覚え書き―43集

　シリーズで出版してきている爪句集の表題（書名あるいは句集名）を決めるのに頭を使う。野鳥の写真を集めた爪句集としては、最初は「札幌の野鳥」続いては「日替わり野鳥」と、それほど考えなくても済んでいた。しかし、同じテーマの爪句集が3集重ねるようになると、既刊のものとあまり重ならない書名を選びたい。

　本爪句集は「365日の鳥果」としている。ここで「鳥果」は著者の造語である。釣りを趣味としない著者は最初「釣果」の熟語を見て「ちょうか」と読めなかった。「釣」を音読みにした熟語は他にも「釣竿（ちょうかん）」、「釣行（ちょうこう）」、「釣鈎（ちょうこう）」、「漁釣（ぎょちょう）」、「垂釣（すいちょう）」等とある。これらの熟語で一番目について使われるのが「釣果」である。

　「釣果」の意味は文字通り「釣りの成果」である。しかし、普通の会話には出てこない言葉だろう。

「釣れましたか」とか「成果はどうですか」ぐらいを会話で話しても、「釣果はいかがですか」はほとんど耳にしない。したがって「釣果」を目にしても読めなかった、といった経験は著者だけに特別のものでもなさそうである。

さて、話を野鳥の撮影に戻す。時たまカメラを持った野鳥撮影と思われる人に出会うと「野鳥（とり）居ましたか」、「撮れましたか」、ぐらいの会話になる。野鳥が上手く撮れて成果があっても、それを短く表す言葉がない。そこで野鳥撮影の成果を表現する言葉として「鳥果（ちょうか）」としてみた。呼び方も「釣果」と同じで、野鳥撮影の成果の感じが出る。

爪句17文字に詠み込む熟語としても「鳥果」は便利である。「野鳥撮影の成果があった」と表現する代わりに「鳥果あり」と5文字に納まり、爪句向きの熟語である。これを使わない手はない、と本爪句集では書名からしてこの造語を利用している。ただ、勝手に造語を使うのもいかがなものかという声が聞こえないでもない。第一造語の「爪

句」からしてそうだろう。

　言葉（造語）は発案者だけのものではない。言葉は相手に意味や感情を伝える道具であるから、発案者だけが納得しているだけなら意味がない。そこでこの覚え書きに解説を書いている。ただ、表意文字の漢字を使うと、なんとなく造語の意味は伝わっていく。正確ではなくても「爪句」は「俳句」と同類のものらしい、とか「鳥果」は野鳥を相手にした成果らしい、と受け取ってもらえる。

　そうではあるとしても、発案者としては、造語を目にする人が直ぐに正確な意味を理解するまでになり、造語の市民権が得られるようにしたいものだと思っている。しかし、閲覧される事の少ないブログ書きや、販売数がごく限られた爪句集の出版では、過去から現在にわたっての言葉がひしめく表現の世界での市民権を得るのは至難の技である。その困難さはあるにせよ、世の中に認められるためには造語に関する説明や話題の積分値を増やしていくより他に方法はないだろう。本爪句集が「鳥果」の言葉を文字にした最初の書籍で、

これからその言葉を使い続ける努力が、この造語の市民権を得る事につながるのではないか、と希望的観測を持っている。

　ただ、造語が市民権を得られなくても、それを使用している発案者が便利だと思えばそれで十分との考えもある。この点「鳥果」は著者にとっては使い勝手の良い言葉である。この一点に集中して、造語の市民権とかいった事に気を取られず、著者なりに造語の利用の場を広げていこうかとも思っている。

爪句＠
@
365日の鳥果

目 次

1月

2月

3月

2016 年 3 月 2 日	2019 年 3 月 8 日	2020 年 3 月 9 日
2016 年 3 月 5 日	2019 年 3 月 14 日	2020 年 3 月 12 日
2017 年 3 月 11 日	2019 年 3 月 15 日	2020 年 3 月 14 日
2017 年 3 月 13 日	2019 年 3 月 18 日	2020 年 3 月 18 日
2018 年 3 月 8 日	2019 年 3 月 20 日	2020 年 3 月 20 日
2018 年 3 月 23 日	2020 年 3 月 8 日	

4月

2017 年 4 月 1 日	2019 年 4 月 9 日	2019 年 4 月 21 日
2017 年 4 月 6 日	2019 年 4 月 12 日	2019 年 4 月 27 日
2017 年 4 月 15 日	2019 年 4 月 13 日	2019 年 4 月 28 日
2017 年 4 月 28 日	2019 年 4 月 16 日	2019 年 4 月 29 日
2018 年 4 月 7 日	2019 年 4 月 17 日	2019 年 4 月 30 日
2018 年 4 月 29 日	2019 年 4 月 18 日	

5月

2013 年 5 月 1 日	2019 年 5 月 4 日	2019 年 5 月 19 日
2016 年 5 月 3 日	2019 年 5 月 5 日	2019 年 5 月 20 日
2017 年 5 月 29 日	2019 年 5 月 7 日	2019 年 5 月 22 日
2018 年 5 月 8 日	2019 年 5 月 9 日	2019 年 5 月 23 日
2019 年 5 月 1 日	2019 年 5 月 14 日	2019 年 5 月 30 日
2019 年 5 月 3 日	2019 年 5 月 18 日	

6月

2017 年 6 月 11 日	2018 年 6 月 15 日	2019 年 6 月 13 日
2017 年 6 月 16 日	2018 年 6 月 29 日	2019 年 6 月 25 日
2017 年 6 月 19 日	2019 年 6 月 1 日	2019 年 6 月 26 日
2017 年 6 月 21 日	2019 年 6 月 3 日	2019 年 6 月 28 日
2017 年 6 月 23 日	2019 年 6 月 7 日	2019 年 6 月 30 日
2017 年 6 月 27 日	2019 年 6 月 8 日	

7月

2017 年 7 月 1 日	2017 年 7 月 24 日	2019 年 7 月 7 日
2017 年 7 月 7 日	2017 年 7 月 29 日	2019 年 7 月 20 日
2017 年 7 月 8 日	2018 年 7 月 12 日	2019 年 7 月 28 日
2017 年 7 月 10 日	2018 年 7 月 24 日	2019 年 7 月 29 日
2017 年 7 月 14 日	2018 年 7 月 28 日	2019 年 7 月 31 日
2017 年 7 月 22 日	2019 年 7 月 6 日	

8月

2017 年 8 月 20 日	2018 年 8 月 28 日	2019 年 8 月 17 日
2018 年 8 月 2 日	2019 年 8 月 2 日	2019 年 8 月 18 日
2018 年 8 月 3 日	2019 年 8 月 3 日	2019 年 8 月 19 日
2018 年 8 月 8 日	2019 年 8 月 4 日	2019 年 8 月 24 日
2018 年 8 月 9 日	2019 年 8 月 6 日	2019 年 8 月 26 日
2018 年 8 月 10 日	2019 年 8 月 7 日	

9月

2016 年 9 月 5 日	2019 年 9 月 1 日	2019 年 9 月 23 日
2016 年 9 月 14 日	2019 年 9 月 5 日	2019 年 9 月 26 日
2017 年 9 月 6 日	2019 年 9 月 7 日	2019 年 9 月 27 日
2017 年 9 月 11 日	2019 年 9 月 10 日	2019 年 9 月 28 日
2018 年 9 月 7 日	2019 年 9 月 20 日	2019 年 9 月 30 日
2018 年 9 月 28 日	2019 年 9 月 21 日	

10月

2017 年 10 月 6 日	2017 年 10 月 25 日	2019 年 10 月 7 日
2017 年 10 月 7 日	2018 年 10 月 8 日	2019 年 10 月 16 日
2017 年 10 月 10 日	2018 年 10 月 9 日	2019 年 10 月 18 日
2017 年 10 月 11 日	2018 年 10 月 16 日	2019 年 10 月 20 日
2017 年 10 月 12 日	2019 年 10 月 1 日	2019 年 10 月 21 日
2017 年 10 月 16 日	2019 年 10 月 3 日	

11月

2017 年 11 月 6 日	2018 年 11 月 27 日	2019 年 11 月 12 日
2017 年 11 月 8 日	2018 年 11 月 29 日	2019 年 11 月 13 日
2017 年 11 月 23 日	2019 年 11 月 5 日	2019 年 11 月 19 日
2018 年 11 月 11 日	2019 年 11 月 6 日	2019 年 11 月 23 日
2018 年 11 月 17 日	2019 年 11 月 7 日	2019 年 11 月 28 日
2018 年 11 月 19 日	2019 年 11 月 10 日	

12月

2019 年 12 月 2 日　　2019 年 12 月 15 日　　2019 年 12 月 25 日
2019 年 12 月 6 日　　2019 年 12 月 16 日　　2019 年 12 月 27 日
2019 年 12 月 7 日　　2019 年 12 月 20 日　　2019 年 12 月 29 日
2019 年 12 月 9 日　　2019 年 12 月 21 日　　2019 年 12 月 30 日
2019 年 12 月 10 日　　2019 年 12 月 22 日　　2019 年 12 月 31 日
2019 年 12 月 13 日　　2019 年 12 月 24 日

2019年5月19日

浜の空　日の出月入り　トビが見る

　石狩浜の灯台の見えるところで日の出と月を1枚の画面に収める空撮全球パノラマ写真を撮る。月は満月が写っている。日の出が進んで明るくなった空にトビが飛んでいるのを撮り、天空に貼りつける。トビが朝日で少し赤味を帯びて写っている。

冠羽見え　ミヤマホオジロ　初見なり

　庭に来たリスを撮っていて、ドイツトウヒの枝
に見慣れない鳥が止まっているのを見つける。写
真に撮って野鳥図鑑の写真と比べてみるとミヤマ
ホオジロのようである。頭部の黒と黄色の色分け
と、かすかに見える冠羽がこの鳥の特徴である。

ジャンプする　ミヤマホオジロ　撮り得たり

　庭に飛来した珍鳥ミヤマホオジロを撮影して再び見ることは無いと思っていたら、また再会である。眉の上と喉が黄色く目の周囲と胸が黒く、黄色と黒の冠羽があるので一度見ると記憶に残る。庭の雪原でジャンプしているところが写真に収まった。

縄張りを　誇示し動かず　カケスなり

　居間から見える隣家のドイツトウヒにカケスが
縄張りを設定したようで、雪の日など枝に止まっ
て動かない。まるでフクロウのようである。良い
被写体なので何枚か撮ってみる。正面を向いてい
るとカケスの特徴ある羽が隠れてしまい写らない。

ヒヨドリが　摘まむ赤い実　ベニシタン

　庭に野鳥が来る。庭だと近い距離なので、ガラス窓越しに撮っても解像度の良い写真が得られる。ヒヨドリがコンクリートの塀のところにあるベニシタンの赤い実を嘴に挟んでいる。食べるものが少なくなる季節には、ベニシタンの実も餌となる。

シジュウカラ　有難きかな　鳥果なり

　　最近は自宅の居間からの野鳥撮りが多くて、野鳥に出遭った有難味が湧かない。今日のように、新雪を踏み踏み野鳥が居ないかと上を見て歩いて、小さな鳥影が目に入るとシメタと思う。何枚か撮ってピントの合った写真だと有難味で満たされる。

飛ぶ群れを　辛うじて撮り　キレンジャク

　野鳥が群れをなして空を舞う光景は壮観である。その群れを撮ろうとするのだが、相手の動きが速く画面に収められない。やっと撮ったものから群れる野鳥が直ぐに判定できない。拡大すると尾羽の先端に黄色い部分がありキレンジャクと分かる。

ピント見る　目玉の光　シジュウカラ

　シジュウカラが木に止まる。せわしない鳥で、
一カ所にじっとしていない。遠くの枝に止まったと
ころを撮って拡大し、ピンボケになっていないもの
を選び出す。頭部の黒毛で目の部分が覆われてい
るので、目玉の光でピントの度合いを判断する。

庭木に止まる　つがいのシメに　春探す

　朝から雪かき。雪かきだけで３千歩を超え散歩
代わりになる。雪かきが終わり窓の外を見るとシメ
が楓の枝に止まっている。隈取した顔の野鳥です
ごみがある。しばらく身動きもせず止まっていて、
つがいで飛び去った。春のかすかな前触れである。

体毛を　膨らませたり　カラ野鳥

　この野鳥はハシブトガラかコガラかいつも迷う。
野鳥図鑑には両者のわずかな違いが載っているけ
れど、撮った写真では判別できない。どちらでも
よいけれど、気になることも確かである。保温の
ため小さな体の毛を目いっぱい膨らませている。

ヤマガラは　ツルウメモドキ　色似たり

　　元日と正月 2 日目は天気が良くなく野鳥の写真が
撮れなかった。3 日目の朝は曇り空でも陽が出てき
そうで、野鳥の写真もそこそこ撮れた。ヤマガラを
見つけて撮る。止まっている木はツルウメモドキで、
開いた種皮の色がヤマガラと調和している。

バサバサと　クマゲラ出でて　森の道

　雪の山道を歩いていて、バサバサという音に少々驚いて音の方向を見るとクマゲラが姿を現す。近づいてもすぐには逃げず、当面やる事に注力している感じである。時々「ケーン」とか聞こえる鳴き声を出すけれど、野鳥というより獣の声のようだ。

キバシリと　嘴見つけ　同定す

　キバシリは目立たない野鳥である。写真に撮ってあるのに、木の枝しか写っていないと、写真を削除してしまう事もある。拡大した写真にキバシリが写っているのを見つける。頭部が隠れているけれど、特徴のある湾曲した嘴が突き出て写っている。

少雪の　川沿いの道　ツグミ撮る

　例年なら積雪で歩けなくなっている西野川の川沿いの小道が、異常な少雪で歩ける。野鳥にとって川沿いの道が歩けるかどうかは問題でなくても、人の方は散歩のコースの自由度にかかわってくる。その川沿いの道を歩いてツグミを見つけて撮る。

クマゲラや　ここは鳥宅　盗み撮り

　クマゲラは縄張りのようなものがあるらしく、その縄張りと思われる場所に行くと、かなり高い確率で見つけることができる。今朝も空撮パノラマ写真を撮影して 2 日前にクマゲラを見た場所に行ってみると、同じ個体と思われるクマゲラを見つけた。

電線に　連雀群れて　大寒日

　昨夜からまとまった雪が降る。雪模様の曇り空に野鳥の大群が舞う。ふと見ると電線にこの大群が止まっている。ヒレンジャクやキレンジャクの群れが街路樹のナナカマドの実を食べに来たようだ。実は大群にすっかり食べ尽くされ残っていない。

シメの来て　顔に付けたり　餌と雪

昨日から本格的な雪降りとなる。朝は雪かきで今冬初めて３千歩を超える雪かき運動となる。庭のオンコの木の餌台も雪を被っている。そこにいつものシメが来て餌を食べる。嘴に餌の実と一緒に雪がついていてもシメには気にならないようである。

筋子箱　餌箱となり　雪降り日

　朝から雪降り。シメは雪を被る餌台よりは雪を避ける事のできるベランダまで来て空箱の中のヒマワリの種を食べる。多分カメラを構えた撮影者には気がついているとは思うけれど、餌を啄むのに余念がない。爪句集の校正を戻す予定が控えている。

ナナカマド　ツグミ来たりて　絵の如し

　歯科医院からの帰り、開店前のカメラ店のパーキング場に車を止めて、ナナカマドの並木に群れをなして来ているツグミを撮る。ナナカマドの実はかなり食べられ残り少ない。赤い房実とツグミの胸の白黒の斑模様、茶色の羽、まるで日本画のようだ。

2018年2月9日

フォーカス　嘴ほどに　合わぬなり
（くちばし）

ヒヨドリが赤い実を嘴に挟んだ瞬間を撮る。ナ
ナカマドの実ではないようで、何の木の実かはっ
きりしない。動く野鳥にフォーカスを合わせて撮
るのは難しい。自動撮影モードのカメラ任せで、
フォーカスの合う、合わぬは偶然の産物である。

雪の朝　墨で描いた　群れツグミ

　気温が低いせいで真綿をちぎったような雪が
ゆっくりと落ちてくる。野鳥の群れが木に止まって
いる。ヒヨドリの群れかと思って、拡大するとツグ
ミのようである。厳寒期にこの辺りでツグミの群れ
を見るのは珍しい。墨絵のような写真になる。

ムクドリや　山林避(さ)けて　住宅地

　スノーシューを履いて新雪の林の中を、野鳥を探して歩く。野鳥の姿を見つけることができず撮影空振りで帰宅の途中、電線に群れて止まっている野鳥を見つける。ムクドリのようだ。この時期山林よりも住宅街の方が野鳥を見つけ易いことがある。

雪だるま　姿が無くて　カモを撮る

　　例年、雪まつりに合わせて道庁の前庭には大き
な雪だるまが造られていたと記憶していて、足を
運んでみる。しかし、雪だるまはなく、観光客が
池のカモを撮っている。このカモを野鳥というに
は疑問が残るけれど、今日撮った野鳥にしておく。

心持ち　夕日に赤く　ツグミかな

　　野鳥は朝か午前中の前半に撮るのがほとんどで、
夕方に撮る事はめったにない。今日は夕方ポストに
郵便物を投函しに行く途中でナナカマドに止まった
ツグミを撮る。夕日でツグミが少し赤味を帯びてい
る。日が長くなってきているのを感じる。

連想は　アンチ・ヒーロー　ツグミかな

　　曇り空で雪がちらつく朝。郵便局前のポストから
の帰り道でツグミを撮る。少し見上げる角度で正
面から見たツグミは面白い顔をしている。スター・
ウォーズのアンチ・ヒーローのダース・ベイダーを
連想させる。横から見るとツグミの嘴は長い。

ツグミ撮り　日々の鳥果と　造語かな

　郵便物を投函するためポストまで歩いて行く途中でツグミを見かける。次に野鳥の写真を集めた爪句集を出版するとしたら表題は何とすればよいか考える。「爪句＠日々の鳥果」はどんなものだろうか。「鳥果」は「釣果」に掛けた造語である。

大雪や　庭にヒガラの　飛び来たり

　　少雪の冬だといわれてもやはり大雪はやってく
る。大雪の後で庭でドローンを飛ばして雪に覆われ
た西野の街を空撮する。庭に飛来した野鳥を撮り、
空撮写真の天空に貼りつけてみる。尻を向けている
小柄な野鳥は、冠羽が見えていてヒガラである。

野鳥来て　探鳥散歩　今日も止め

　　アカゲラが庭のソメイヨシノに飛来する。居間
から撮っているので、撮影で動ける範囲は狭いけ
れど、積雪の中で身体を動かす事に比べると各段
に楽な野鳥撮影である。楽な撮影に慣れると雪の
中を歩く気力が薄れ、今日も野鳥撮りに行かない。

特徴の　風切見せて　カワラヒワ

曇り空の朝。庭木に野鳥が止まっている。風切羽が黒白の模様でその内側に明るい黄色が見える特徴のある野鳥で、カワラヒワとすぐに分かる。集団でやって来て木の芽を食べている。ソメイヨシノの花芽も食べるので花の咲き具合が心配になる。

建国の　神話日に撮る　カワラヒワ

　ソメイヨシノの枝に止まっているカワラヒワを撮る。目の周囲の黒毛も加わって鋭い目つきの強面ぶりである。カラ類のように忙しく動き回らないので撮り易い。毎日野鳥を撮っていると写真が貯まってきて、次の爪句集は野鳥になりそうである。

ツグミ来て　羽ばたつかせ　春陽気

　庭木に止まっているツグミが全身の羽をばたつ
かせている。その行動がどんな意味を持っている
のか分からない。気温が高いので風通しを良くし
ているのか、番の相手方の気を惹いているのか、
野鳥の研究者がいたら聞いてみたいところである。

アカゲラや　肺炎無縁　聖なる日

　聖バレンタインデーの今日は外に出ず、歩数計の数字も 1300 歩程度。探鳥散歩はしなかったけれど、野鳥の方は庭に来る。その中にアカゲラも居てソメイヨシノの木の上を動き回っている。テレビでは新型肺炎の国内感染の報道で持ち切りである。

ヒヨドリや　水場を求め　氷柱かな

　　垂れ下がった氷柱の下でヒヨドリが頭を上にし
てホバリングしている。初めは何をしているのか分
からなかった。良く見ると氷柱が溶けて水が滴り落
ちている。ヒヨドリはその水滴を飲んでいて、氷柱
は雪の季節の少ない水場の役割を担っている。

群れ離れ　餌箱居つく　アトリかな

同じ個体だと思われるアトリが餌箱に来るようになる。焦げ茶と黒の配色が目立つ野鳥である。昨日からの雪がベランダの餌箱にも積もっている中、雪の中からヒマワリの種を探して食べている。普通アトリは群れでいるのにこの個体は単独である。

飛ぶシメや　避ける木の枝　夏椿

　デジカメの自動設定で野鳥を撮っていて、光量が少ないとシャッター速度が遅くなり、飛翔時の羽が流れる。今朝の光量はそれなりにあり、飛ぶシメの羽はそれほど流れず写っている。庭の夏椿の枝から飛び立ってカメラに向かってくる姿である。

2016 年 3 月 2 日

サルデーニア　州都思い出　カモメかな

　カリアリはサルデーニア島南部にあるイタリア・
サルデーニア自治州の州都である。港町であり、
ローマ時代の円形劇場の遺跡も見る事ができる。
場所は忘れたがそのような遺跡や史跡の見学の途
中で撮ったオオセグロカモメの写真が残っている。

フラミンゴ　1本足立ち　器用なり

　　サルデーニア島のポルト・ピノの海を見るため車
で出掛ける。途中湖があり、フラミンゴが水中に居
るのを見つける。車から降りて日本では野生として
は見られない大型の鳥を撮る。よく見ると水中を2
本足で歩いて、止まったら1本足で立っている。

春の使者　嘴に雪　ツグミかな

　芽が膨らんできている朴の木にツグミが止まっている。嘴に雪の塊をつけている。ツグミは旅鳥が多いといわれ、春先になると自宅周辺で見掛けるようになる。雪が降り、木に積雪があってもツグミの姿を見掛けると春が近づいているのを感じる。

ヒヨドリや　固雪の上　見上げ撮り

　この季節固雪で覆われた林の中を歩くのが好き
である。雪の上でも暖かく感じられるのに、積雪に
埋まることもなく、どの方向にも自由に歩いて行け
る。これで野鳥を写真に収められると申し分がない。
頭上にヒヨドリが居て偶然飛び姿が収まった。

雪が飛び　身体（からだ）支えて　カワラヒワ

　風が強く散歩に行く気が起きず、窓から野鳥撮りをする。カワラヒワは風が強くても餌を求めて飛んでいる。ソメイヨシノの枝に止まったところを撮ってみる。2羽で番なのだろうか。この野鳥の雌雄の見分けがつかない。風に飛ぶ雪の軌跡が写る。

梢先　曲芸師なり　カワラヒワ

　今日は歯科医院に行ってから街に出る予定で、朝の時間にブログ書きをしておこうと思う。窓の外を見て目に付くものを撮ってみる。カワラヒワが西洋松の先に止まっているので、これを今日の写真にする。青空が広がり好天気の1日になりそうだ。

モフモフの　毛に触りたき　ツグミかな

　小さな野鳥でも撮り方によっては大きな野鳥に
見える。枝に止まっているツグミを見つけて撮っ
てみる。そんなに寒くもないのに体毛を膨らませ
ている。下から見上げた角度で撮っているせいも
あるかもしれない。モフモフの毛に触ってみたい。

曇り朝　波紋の色も　くすみたり

　朝、赤れんが庁舎前の庭池でカモを撮る。泳い
でいるカモは撮り易い対象だが、動きが乏しく、せ
めてカモの作る波紋が写るように撮ってみる。それ
でも面白味に欠ける写真である。ホテルでの朝食
付き勉強会の時間が迫っているので撮影を終える。

終日を　PC向かいて　過ごしけり

　　今日は家から一歩も外に出ず、歩数計は 500 歩にもならない。窓の外に鳥影を認めて撮ってみる。ツグミである。春が近いせいか野鳥の動きが活発に感じられる。それに引き換え、カメラを構えている身は動きが鈍い。パソコンの前で 1 日が終わる。

ヒヨドリの　目に映りたる　日の出かな

　　細い枝に大きな体を託しているヒヨドリを撮っ
てみる。ヒヨドリの嘴は長くて鋭い。目に日の出
の太陽が映っているように見える。木の芽は未だ
冬芽で、野鳥の体を隠す葉が茂るまで期間がある。
その間に野鳥撮りをせねばと気持ちが少し急く。

ヤマガラを　追う足元や　雪の穴

　ヤマガラが雪の残る地面近くに居る。雪が解け
出すと埋まっていた木の実とかが現れてきて、餌
になるものを探すようである。小さな野鳥のカラ
類は動きが素早く、カメラで追いかけるのに何度
も失敗。足元の雪は内部が解けていて時に埋まる。

クマゲラも　アカゲラも居て　雪林

　　曇り空であったけれど風が無かったので林の上
でドローンを飛ばし空撮。その後スノーシューを履
いて雪の林を歩く。木を突く音を頼りにクマゲラを
見つけ撮影する。アカゲラも撮る。帰宅後空撮パ
ノラマ写真に撮影したクマゲラを貼り付けてみる。

2020 年 3 月 9 日

シマエナガ 新写真法 助け鳥

　ドローンを飛ばして空撮パノラマ写真を撮った辺りで野鳥を撮影し、空撮パノラマ写真に貼り付ける写真法を開発中である。この手法の難点は、空撮実行の辺りで必ずしも野鳥を撮れない事である。今日は西野市民の森を歩いてシマエナガが撮れた。

パンデミック　報道目にし　シメを撮る

　朝起きてみるとかなりの積雪。雪かきをする前に
庭でドローンを飛ばし雪景色の空撮を行う。庭木
に止まっていたシメを撮り空撮パノラマ写真に貼り
つける。世界保健機関（WHO）が新型コロナウイ
ルス感染症をパンデミックと判定した報道あり。

2020 年 3 月 14 日

日の出時に　カラス飛びたり　今朝烏果

　　日の出時の空撮を行って近くに野鳥でも居るかと
探してもそう上手く事は運ばない。帰宅時に遠くに
カラスが飛んでいるのを見つけ、カラスでもよいか
と撮ってみる。これを空撮パノラマ写真に貼りつけ
ると何となく雰囲気が出たのでこれにする。

空撮や　鳥止まりたる　木を探し

　天気の良い日で、西野市民の森の南側の散策路を長靴のつぼ足で歩く。所々で雪に埋まるものの歩き通す。鳥果はあまりなくアカゲラを辛うじて写す。アカゲラを撮った場所近くでドローンを上げ空撮。100m上空から西野西公園がすぐ近くに見える。

春分の　雪解け景や　シメも見る

　春分の日の祝日。「暑さ寒さも彼岸まで」の気温の句があり、夜昼半々になり、雪解けが進む。朝は天気が悪く小雨がぱらついている中、庭でドローンを飛ばして空撮を行う。空撮パノラマ写真に、アンテナに止まったシメの別撮り写真を貼り込む。

偶然の　賜物なりや　飛び姿

　庭に来るヒヨドリを撮る。羽を広げて飛ぶところを撮ろうとしても、ほとんどは野鳥がファインダー外に飛び出たところでシャッターを押している。飛ぶ直前に連写すれば良いのだろうが、飛ぶ直前が判断できない。偶然飛び姿が撮れる時もある。

トビを撮る　背後の山に　桜花

　熊野古道巡りの旅では、一眼レフのカメラ本体に望遠レンズとパノラマ写真撮影用の魚眼レンズ、さらに小型のコンデジを持った。被写体によってレンズを取り換えるのが少々面倒。高野山行きの途中で寄ったコンビニで飛ぶトビを撮ってみる。

2017年4月15日

ホオジロの　鳴き姿撮り　芽吹き前

　久し振りに朝の散歩に出かける。林への道には残雪はあるものの、大部分は土の現れたところを歩く。野鳥を探してみるけれど、余り出遭わない。芽吹き前の梢で鳴いている野鳥を見つけて撮る。拡大してみて、口を開けたホオジロと確認する。

高吟の　声朗々と　コゲラかな

　　宮丘公園の縁を歩く。木の芽が膨らんできて、
もう少しすれば木葉が枝を覆い野鳥の写真を撮る
のが難しくなるだろう。近くの木にコゲラが動くの
を見つける。ドラミングの音はしない。代わりに公
園の方から朗々とした詩吟の声が聞こえてくる。

工夫欠き　流れて写る　シメの羽

　　赤松の枝に止まっているシメを撮っているとシメ
が急に飛び立つ。カメラの最初の設定任せで撮っ
ていて、静止物体では不都合はないけれど、飛ぶ
野鳥では羽が流れる。これでは撮り方の工夫をせ
ねばならぬと思いつつ、旧態依然のままで過ぎる。

シラカバの　花にアオジの　飛び姿

　　梢の野鳥を狙っていたら急に飛び出す。これが
写真に収まった。シマアオジかアオジらしい。野
鳥と一緒に写っているのは木の実ではなくシラカ
ンバ（シラカバ）の花である。花が先に咲いてそ
の後に薄緑の葉が茂ってきて、野鳥は葉に隠れる。

今朝の野鳥　情事に及ぶ　スズメかな

　　スズメがパラボラアンテナのお皿の上の狭いと
ころに２羽並んでいる。そこは何か良い場所かと
見ていると、やおら事に及んだ。こんな足場の悪
い所で器用なものである。スズメは近寄るとすぐ
逃げる野鳥なのに、カメラを気にする様子もない。

耳生える　シメの頭や　木の芽かな

　天気の良い朝である。青空が広がっていて、野
鳥が葉のつけていない枝に止まっていると撮影に
は好条件である。しかし舞台が整ったとしても、
野鳥が現れるとは限らない。遠くて何の鳥か分か
らないものを撮り拡大すると嘴からシメのようだ。

巣を探す　ヤマガラを見て　朝散歩

　　朝の散歩は西野西公園の近くまで足を延ばす。
道路脇の木にアカゲラが居てしきりに木の穴を気
にしている。この穴を巣にするつもりだろうか。し
かし、道路に近すぎていかがなものだろうか。新
居としてはお勧めの物件ではないと無言の助言。

スズメ似の　ホオジロを撮る　散歩道

　　朝、Ａ市まで行く家人を地下鉄駅まで送った後、
裏山散歩。枝に止まっているホオジロを撮る。この
ホオジロはこの辺りをテリトリーにしていて、時々
遭遇する。スズメに似ているので、肉眼ではホオジ
ロと判定できず、パソコンで拡大し確認する。

餌果挟み　熱き戦い　夏陽気

　天気に誘われてふらりと外に出る。頭の後ろから照り付ける日光は熱く、まるで夏である。面白い被写体でもないかと思って近くを歩くと、野鳥のためにリンゴを置いてある家がある。ヒヨドリがやってきて奪い合いながらリンゴを啄んでいる。

先住が　居ないか点検　ゴジュウカラ

クマゲラが巣を離れた隙にゴジュウカラがやって来てクマゲラの巣穴を覗いている。自分の巣にするために穴を点検しているみたいである。カラ類は自分で木穴を作れないのでクマゲラの穿った穴を自分の巣として利用するための行動のようだ。

ヤマゲラの　朝日に映える　萌黄色

　未だ耕作が始まっていない菜園の中の切り幹に
見慣れない野鳥が止まっている。写真を拡大する
とヤマゲラが写っている。こちら向きになってほ
しいと思っても野鳥相手ではかなわぬ相談であ
る。後ろ姿を2、3枚撮ったら飛び去って行った。

冬戻り　雪の塊　ハクセキレイ

　　午後ポストに手紙を投函に行くが寒い。この寒
さなら雪が降っても不思議はない。畑を起こしたと
ころに、ハクセキレイが忙しなく歩いている。虫か
何かを探しているようだ。顔の正面をこちらに向け
て小走りに来るところを遠くから撮ってみる。

ベニマシコ　初めて撮りて　達成感

　　初めて見て撮る事のできた野鳥は、撮影の達成感がある。遠くで赤味を帯びた野鳥が飛んでいて、何枚か撮る事ができた。帰宅して図鑑で調べるとベニマシコと同定できた。空撮写真の山道で迷った後で遭遇した野鳥で、迷ったのも無駄ではなかった。

日替わりで　野鳥を撮りて　シジュウカラ

　　最近は日替わりで野鳥を撮っている。今日はシ
ジュウカラで、鳥は膨らむ新芽を啄むのに余念が
ない。シジュウカラは頭部の黒毛のところに目が位
置していて、黒い瞳が黒毛に溶け込んで目が写ら
ない。朝日を反射すると辛うじて目が写ってくる。

クマゲラや　平成最後　日の出撮り

　　平成最後の日と令和最初の日の組の写真の公募
があり、応募した事がある。平成最後の 4 月 30 日
の日の出を西野市民の森で空撮で撮った。空撮を
した場所の近くにクマゲラの巣を見つけていて、こ
の日も巣から顔を出したクマゲラを写している。

底冷えの　五月に来たり　ルリビタキ

　五月に入った新聞紙面には、GW底冷え、の見出しである。外歩きの気分にもならず、庭に来る野鳥撮りである。珍しい鳥が居る。写真に撮って野鳥図鑑で調べるとルリビタキである。頭部から背中にかけ青色で光により瑠璃色に見えるのだろう。

再遭遇　かなわぬ野鳥　クロジかな

　偶然撮影できて、その後再度の撮影を期待して
もそれがかなわない野鳥がいる。クロジもそのよう
な野鳥で、図鑑には森林の深い藪の中に居て姿を
見ることが少ないとの説明がある。その藪から出て
来たところを撮った幾枚かの写真を再度見る。

2017年5月29日

尾の長き　カササギ撮りて　北科大

　「爪句@北科大物語り」の取材のため北科大に行く。図書館横のカエデの木にカササギが止まっているのを見つける。時々構内で見かけるので、棲みついているようである。それにしても札幌市内で見る事のない野鳥が大学に棲みつくとは珍しい。

白眉斑　頼りに探し　マミチャジナイ

　庭の木を見慣れない野鳥が飛び回っている。直ぐには何の鳥か判定できない。撮影後野鳥図鑑で調べる。長く白い眉斑が特徴的で、図鑑の写真と一番一致しているのがマミチャジナイである。ただ確信は持てない。小さめのツグミの説明がある。

汚れ毛を　洗いたくなり　シマエナガ

　　令和改元初日の日の出が撮れなかったので、代わりに野鳥を撮影しようと探鳥散歩に出掛ける。シマエナガが飛び回っていて、枝に止まったところを撮る。体を覆っている白い毛が光の加減か黒ずんで見える。小さな嘴と円らな目が人気の源か。

名の因む　長き尻尾や　シマエナガ

　　クマゲラを見に行くけれどクマゲラは巣穴から顔
　を出さず。代わりにシマエナガが飛んでいるのでこ
　れを撮る。動きが速く、急に目の前に現れたりして、
　ピントが合わせられない。枝に逆さまに止まると、
　名前の由来の長い尻尾が強調されて写る。

朝日差し コゲラの番 撮り得たり

　　コゲラが2羽遊んでいるかのように木の間を飛び回っている。番のようである。お互い接近して木の幹に止まったところが偶然撮れる。右が雄で左が雌のようである。雄の頭髪が少し角ばっているのに対して雌のほうは滑らかな頭になっている。

ヤマガラの　巣にも見えたり　木の割れ目

　　今朝の探鳥散歩のゲストはヤマガラである。古
木の割れ目に出入りしている。巣でも探しているの
か既に巣なのか分からない。こういう状況では何
度でもシャッターチャンスがあるので、野鳥を撮り
易い。1枚残ればよいので何枚か撮り切り上げる。

2019年5月7日

日没や　アオジ居た庭　闇迫り

　朝は雨で散歩に行かず。スマホの歩数計も千歩
に満たない。これでは野鳥も撮れないとガラス戸か
ら外を見ているとスズメ似の野鳥が庭の草むらを
歩いている。アオジのようである。夕方天気が回復
したので、庭で空撮。庭は山の陰になり暗く写る。

　藪の中　枯葉の如き　野鳥の居り

　　藪の中の野鳥はまず撮れない。鳴き声がしても姿
は見えない。今朝はたまたま藪の中の野鳥が撮れた。
ピントが枯れ笹に合って、ぼけ気味の野鳥の姿であ
る。野鳥の同定もピントが合わず、白い眉斑からム
シクイの仲間かと確信の持てぬ判定となる。

キビタキの　首の橙色　光りたり

　西野市民の森の散策路でキビタキを撮る。木の葉が茂り出し、小型の野鳥のキビタキを森の中で撮影できたのはラッキーである。首の辺りの明るい橙色とそれに接した黒い模様でこれは雄鳥である。鳴き声もするのだが、言葉で書き表すのが難しい。

道の先　先導するか　クロツグミ

　探鳥散歩では見た事のない野鳥と出遭うと嬉し
い。歩いて行く先に黄色い嘴の黒い羽の鳥がいて、
この野鳥も前に進む。今まで見た記憶がない野鳥
で帰宅して図鑑で調べるとクロツグミである。写真
では見えないが胸から下腹部にかけ黒斑がある。

ノビタキの　お洒落な色の　黒さかな

　　石狩浜での空撮を終えてから野鳥を撮る。頭部
が黒くて、胸の部分が濃いオレンジ色の野鳥を見
る。ノビタキである。砂地の草むらから盛んに鳥の
鳴き声がするけれど、ノビタキの鳴き声を知らない
ので、鳴き声の主がノビタキであると断定できない。

橋からの　人目気にせず　羽繕い

伊藤組100年記念基金の評議会からの帰り道、中の川でハクセキレイを撮る。川の中の石の上で盛んに羽繕いをしている。羽を上げている様が、スカートをたくし上げ下着を見せているかのようにも見える。野鳥なので白昼人前でやっても許される。

朝日浴び　キジバトの目の　光りたり

　　探鳥散歩では上の方に視線を向けて歩く。野鳥
は木の枝とかに居るからである。すると地上を歩い
ている鳥に気がつかず、急に飛び立たれてしまうこ
とがある。キジバトはその好例で、いつも飛び立っ
た後で存在に気付く。今朝は飛び立つ前に撮る。

春進み　旅の途中か　ツグミ鳥

　今朝はツグミに出遭う。旅鳥で春先に現れると
思っていると、この時期に姿を現す。中の川の開け
た場所の葉のない枝に止まっているので撮り易い。
前向きや後姿を何枚か撮って、胸から腹に斑がはっ
きり見える１枚を選ぶ。良い天気の朝である。

キジバトや　作り物かと　目玉見る

　キジバトが急に地面から飛び立ち、木の枝に止まりこちらの様子を伺っている。逃げるな、と念じつつカメラを向ける。写真を拡大してみると、赤い目玉に黒い瞳は作り物のようである。首筋のところの模様も、そこに縞の布を当てたように見える。

クマゲラの　目玉丸くて　雨上がり

　雨が上がったようなので散歩に出る。音がして
何かの気配を感じる。見ると雌のクマゲラが木を
突いている。望遠で背後から撮る。頭頂の赤い斑
と黒い瞳の丸い目を除けばカラスにそっくり。し
かし、目にした時の有難味はカラスと雲泥の差だ。

収穫は　嘴先の　小虫なり

　　曇り空の朝。散歩の途中クマゲラを見つける。
倒れた朽木を盛んに突いている。近づいても餌探
しに忙しいようで逃げもしない。忙しく頭を動かし
ていて撮るのが難しい。餌の収穫があるようで、
写真を拡大すると嘴の先に小さな虫を咥えている。

クマゲラは　赤きペンキの　塗り頭

　クマゲラが朽木を突いている時、アカゲラ等が出すドラミング音は聞こえない。しかし、クマゲラが近くに居る気配が伝わる時がある。今朝もそんな感じがして、静かに歩いて辺りを窺う。切られ朽ちかけた木を突いている、雄のクマゲラに出遭う。

シジュウカラ　止まる木の実の　赤と黒

　ヤマザクラの木に野鳥が止まっている。遠くて何
の鳥か分からず、取りあえず撮っておく。拡大して
みるとシジュウカラである。ヤマザクラの実は赤か
ら黒に変わっていくのが写真から分かる。実はシ
ジュウカラの餌にはならず、カラスが食べる。

霧の朝　ホオジロ撮りて　この1枚

　霧の朝。これでは野鳥も景色も写せないと思いながら散歩に出る。そんな中、道の傍の鉄柱にホオジロが止まる。今朝の写真はこの1枚で決まりである。今日からの写真展に加える展示物の用意やオープニングレセプション準備と、歩きながら考える。

2017年6月27日

世の話題　無縁の態で　水辺鳥

　　将棋の中学生棋士藤井聡太4段が公式戦29連勝の新記録達成の朝刊トップ記事。才能は出現するものである。日課の散歩。中の川の川縁の雑草が刈り取られていて、川沿いを歩く。ハクセキレイが飛び歩いているので、追いかけながら撮影する。

アカシアと　鳴くヒヨドリが　朝日に染まり

　　ヒヨドリが朝日に染まったアカシアの花の中に
居る。花を食べているようにも見える。ヒヨドリ
がサクラやサクランボの花を啄んでいるところを
見かけるので、この野鳥は各種の木花を食するよ
うだ。時々鋭い鳴き声を発し、その様子を撮る。

雨模様　親子朝食　ハクセキレイ

　傘とカメラを持って散歩に出かける。ハクセキレイの親子が居て、子は親から餌をもらっている。傘持ちのファインダー無しのカメラでピントの合った写真が撮れない。カメラを修理に出すか、新しいのを買うかと考えていて、日にちだけが過ぎる。

朝日浴び　鳴くホオジロや　森の道

　　日課の散歩道で見慣れたホオジロを撮る。この
辺りを縄張りにしているようで、散歩時に出遭う
のは同じ個体のようである。口を大きく開けて鳴
いているところを撮る。その後森の道に入りドロー
ンを飛ばし、朝日に照らされ緑鮮やかな森を撮影。

昇る陽は　野鳥（とり）の目にあり　日の出時（どき）

　散歩道から見える木の先端に、必ずと言っていいほどホオジロが陣取っている。あまり近づくと逃げてしまうので、適当な距離を置いた遠くから撮ってみる。ボケ気味のホオジロの写真に、目玉が光って見える。背後からの朝日を反射している。

窓越しに　シジュウカラ撮る　昼下がり

　　庭でシジュウカラが飛び回っている。ガラス窓越
しに止まったところを撮ろうとするのだが、居場所
をすぐに変えられて、なかなか上手く写せない。枝
に逆さまに止まっているところの写真が比較的良く
撮れたのでこれを拡大する。天気は下り坂である。

ホオジロの　口腔染める　朝日かな

　ホオジロが決まって止まっている松の木の近く
を散歩する。木の天辺でいつものようにホオジロ
が朝日に向かって囀っている。口を開けたところ
を撮ると、朝日が口腔に差し込んできて、赤さが
増して見える。霧模様の朝で、遠くは霞んでいる。

追っかけで　どうにか撮りて　キセキレイ

　　曇り空の少し肌寒く感じる朝。散歩のコースは
山道にするか、小川沿いにするか少し迷って、中
の川沿いを歩く。キセキレイの姿が目に入り、追っ
かけを行う。キセキレイが川の中に入ったところ
を遠くから撮る。水や流れの好きな野鳥である。

散歩道　先導するか　カワラヒワ

　　散歩する道の前方に野鳥が居る。羽の黄色い部
分が見えるのでカワラヒワである。この時期、枝葉
や藪の中の野鳥は姿さえも目に入らず、ましてや写
真に撮るのは幸運を味方につけねば不可能である。
その点地面に下りた野鳥は良い被写体となる。

ドラミング　音の小さく　コゲラかな

　　ひんやりとした朝で散歩していて気持ちが良い。
起きがけに足がつったので歩く時に少し痛みを感
じる。中の川沿いの小道で小さなドラミング音を耳
にする。キツツキだろうと探すと、傍らの木にコゲ
ラを見つける。木葉を避けて幾枚か撮れた。

曇り空　人も歩けば　野鳥当たる

　　陽の光の消えた朝で、西野川沿いを歩く。写真
の被写体になるものを期待できずに運動のために
歩数を伸ばす。擁壁の石組みのところにキセキレ
イを見つける。鳥が歩いて行くところを何枚か撮
る。人も歩けば野鳥に当たる、といったところか。

雨予報　鳥の目映る　朝日かな

　　時々ハクセキレイが地面を歩いているところを
見かける。今朝は道路の上を小走りに移動してい
る。車道に餌になるものがありそうにもないと思
われるのに動き回っている。止まったとこを撮る。
雨予報なのに晴れて、目玉に朝日が反射して写る。

養纏う　人に見えたり　枝スズメ
（みのまとう）

　松の木にスズメが止まっている。今日は野鳥を
撮る機会がなかったので、ガラス窓越しに何枚か
撮ってみる。その中に、羽を広げる動作のものが
ある。羽が身に纏った蓑のように見える。この後
夕立のような雨が降ってくる。雨で暑さが和らぐ。

電線と　比べ小さき　キセキレイ

　朝の散歩時に野鳥に出遭う事が少なくなった。
遠くの電線に鳥影を見て、撮るのは小さすぎると
思っても、他に撮る野鳥も居ないので、試しに撮っ
てみる。拡大してみるとキセキレイのようである。
大きさや動きが活発な点で若鳥かと推測する。

アカゲラの　飛び姿撮り　ピントずれ

　疲れてもいないのに惰眠の朝寝をする。陽がかなり高くなってから、久し振りに西野川に沿って散歩。アカゲラを見つけて数枚撮る。飛ぶ瞬間が撮れたけれど、ピントずれと手ぶれで、拡大すると粗さが目立つので適当なところで拡大を止める。

川のカモ　餌摂る首の　長さかな

　　川の中にカモが居る。河水に潜って水中の藻草
でも食べるのかと見ていると、首を伸ばし頭上の
草の実を食べている。餌は水中にばかりあるとは
限らない。こうして見るとカモの首は細くて長い。
大気が不安定で天気が変わる予報を目にする。

ヒヨドリを　涼しきうちに　写したり

　　新聞の天気予報欄には全道各地に晴れマークが
並び見事である。日中は気温が高くなりそうなので、
朝の涼しいうちに運動量確保の散歩である。木陰
に比較的大きな野鳥が止まっている。写真を拡大
してみるとヒヨドリで、撮影は久し振りである。

雨予報　撮るもの無くて　カラスかな

　天気予報は朝方雨。雨が降った後の地面が濡れているところを川岸に沿って少し歩く。これと言って撮るものがない。近くにカラスが寄って来るので撮ってみる。威嚇している様子ではなく、馴れ馴れしく、カメラを向けても飛び去るでもない。

早起きの　コゲラの向こう　閉じカーテン

　住宅街のナナカマドの街路樹にコゲラが止まっている。コゲラの向こうにカーテンを閉めた窓が写る。早朝で家の住人は起きてはいないのかも知れない。コゲラは枯れ枝を突く作業を繰り返し、餌の収穫がなかったか、そのうち飛び去っていった。

北科大　芝生のヒバリ　空に貼り

　北科大のキャンパスの北西に延びる大学西通りに
沿って緑地が広がり、大学の駐車場や運動施設があ
る。ドローンを上げて空撮を行うと緑地の先に前田
森林公園が、反対側に手稲山が見える。地上の芝生
にヒバリを見つけ撮ったものを空に貼りつける。

2018 年 7 月 12 日

朝日受け　スズメの脚の　ピンクかな

　　スズメは常時目に付くけれど、いつも撮影には
至らない。珍しくもない野鳥であることと、撮ろ
うしてもすぐ飛び去って、実際なかなか撮れない。
地面に降りたスズメが近寄って来たので撮ってみ
る。脚が朝日でピンクに写る。幼鳥のようである。

幼鳥か　つぶらな瞳　キセキレイ

　　キセキレイが中の川の石垣に止まっているところを撮る。遠くに居て、小さく写った被写体を拡大してみる。幼鳥のようにも見える。中の川は川近くまで住宅が迫ってきて、自然が後退している。そんな中でも野鳥は世代交代を繰り返している。

じゃれ合いか　威嚇か知らず　カラス撮る

　気が付くと今日ブログ写真は 2 点止まりである。決めている訳でもないけれど、毎日最低 3 点以上はブログに写真を投稿している。カメラを持って窓の外を見ると 3 羽のカラスが居て、威嚇し合っているのかじゃれ合っているのか、その様子を撮る。

ムシクイを　ニワトコの実と　コラボ撮り

　　晴れた朝になる。西野西公園に少し入った山道
で野鳥の撮影を行う。少し開けた場所で野鳥が木
に止まるのを待つ。赤い実が鈴生りになったニワト
コの木に隠れるように居る野鳥が写せた。ムシクイ
とは分かっても、詳しい同定には自信が持てない。

岸近き　岩場カモメの　集会所

　　浦河町の本町は海と丘に挟まれた狭い土地しか
なかったため、海を埋め立て土地を広げてきた。ド
ローンを上げ空撮すると、拡張された土地の様子
が空から確認できる。テトラポットで固められた岸
近くに岩場があり、カモメが羽を休めている。

1枚に　ヤマゲラ写り　嬉しけれ

　西野西公園の山道の入り口辺りで少し大きな鳥を見つける。一目でヤマゲラと分かる。暗い林の中で上手く写るかと撮った1枚にピントが少し甘い鳥影が写っている。撮影できたのはこれ1枚で、ヤマゲラと分かる写真になっていてこれは嬉しい。

葉無き枝　メジロ止まりて　盛夏なり

　久し振りの晴れた朝。日中は暑くなりそうなので
朝のうちに歩いておこうと西野市民の森に向かう。
途中、開けたところの遠くの木に野鳥が止まってい
るのを撮る。帰宅して PC で拡大するとメジロが
写っている。枝先に葉が無く春の雰囲気である。

今朝もまた　メジロを撮りて　散歩道

　　今日は真夏日の気温の予想で、運動のため早朝
に西野市民の森を歩く。昨日と同じ枯れたような
木に野鳥が止まっている。目の周囲が白く、メジ
ロと分かる。親鳥に連れられた幼鳥らしい。この
辺りで雛が孵ったようで、群れで飛び回っている。

拡大の　写真で見つけ　メジロかな

　　野鳥が飛び回っている木の全体を写し、後で拡
大した写真をスクロールしながら野鳥を見つける
場合がある。野鳥発見の写真クイズになりそうで
ある。拡大した写真にはメジロが写っている。メ
ジロは目の特徴がはっきりした野鳥で見つけ易い。

秋近く　渡り行く野鳥（とり）　メジロかな

　　良い天気の朝で日課の散歩。小型の野鳥が群れ
で飛び回っている。遠くの木に止まったところをど
うにか撮ってみる。撮影写真を拡大し確認すると
目の周囲が白く隈取されたメジロである。春と秋に
目にする野鳥で、札幌では渡り鳥のようである。

野鳥撮り　追いつかめぬなり　眼とカメラ

　　早朝は半袖では寒く感じるほどである。久しぶり
に林の散歩コースを選ぶ。小柄な野鳥が飛び交っ
ている。衰えた視力では何の野鳥か判別できず。
動きが激しくてなかなかカメラで捕まえられない。
辛うじて撮り拡大し、ヒタキの仲間かなと思う。

ホオジロが　今朝の鳥果で　気分良し

　野鳥が鉄パイプの先に止まっている。ホオジロである。こちらを伺う鳥の目は、動きに対しては人間より優れていて、少しでも動きを見せると飛び去ってしまう。お見通しとは思うけれど、そっとカメラを向けて撮る。鳥果のある朝は気分がよい。

電線の　波に乗りたり　キセキレイ

　　電線に止まっている小さな野鳥を遠くから撮る。
拡大すると羽の部分が写っていないけれど、キセ
キレイのようである。撮影に電線は邪魔者であるけ
れど、捻じれて波打つような電線と野鳥の組み合
わせはそれなりに面白い構図だと再発見である。

涼夏朝　水辺で遊ぶ　スズメかな

　スズメはどこでも目にすることの出来る鳥でもス
ズメの写真はあまりない。小川の水際で集団になっ
ているスズメを目にして、面白い仕草でも撮れるか
と何枚か撮ってみる。これはといった場面の写真も
なく、飛び姿のスズメを捉えた程度である。

ヒヨドリは　楽しみ居りて　小雨なり

　小雨なのにヒヨドリの群れが飛び回っている。野鳥にとって雨降りは嫌な日だろうというのは思い込みかも知れない。案外小雨なら嬉しいのかも知れない。アカマツの枝に止ったところを何枚か撮ってみる。光が弱く、背景が暗いと鳥が浮き立つ。

遠くから　距離を縮めて　キセキレイ

散歩時の野鳥撮りでは、野鳥より早くこちらが野鳥を見つける必要がある。先に野鳥に気付かれると逃げられてしまう。遠くにキセキレイを見つけてじりじりと距離を縮めていく。キセキレイは知ってか知らずか、流れの中で餌探しに余念がない。

いずれとも　同定しかね　ヒタキ鳥

　朝の散歩でスズメ似の野鳥が目に留まる。拡大
して見るとヒタキの仲間のようである。胸のところ
の模様がはっきりしていて、エゾビタキに似ている。
しかし、嘴が短く白っぽいので違うかも知れない。
今日も真夏日の天気予報で暑くなりそうである。

同定で　所属聞きたき　ヒタキ鳥

　　真夏日予報で早朝の涼しいうちに探鳥散歩に出
掛ける。今朝もヒタキと思われる野鳥を撮り、帰
宅して調べる。似たようなヒタキとしてコサメビ
タキ、サメビタキ、エゾビタキが並んでいて、胸
の縦斑紋がはっきりしているエゾビタキかと思う。

解像度　ぎりぎり拡大　サメビタキ

　遠くの枝に止まっている野鳥を撮り、PC で解像度ぎりぎりに拡大して見る。野鳥図鑑の写真と比べると体と比較して大きな頭部と目を持ち、首が体に埋まっているようなサメビタキに似ている。羽のところの模様も図鑑の写真と同じようである。

コゲラにも　赤毛の見えて　初確認

　　昨日、西野市民の森で熊情報に接したので、今
朝は散歩ルートを変え、閉園中の果樹園にする。コ
ゲラが現れたので撮って拡大してみる。後頭部に赤
い部分が見え雄鳥である。この赤い部分が写った写
真の記憶がなく、初めての撮影ではないかと思う。

ヒヨドリや　何を咥えて　七夕日
（くわ）

　　ヒヨドリが何か咥えている。写真を拡大して確認しようとする。虫にしては大き過ぎる。木の実でもなさそうである。思い当たるものがない。写真でヒヨドリの羽毛を見ていると暑さを感じる。札幌も今日で 10 日連続の真夏日で、連続記録の更新中。

ヒヨドリや　飴玉舐めて　一休み

　アンテナにヒヨドリが止まっている。撮影後写真を拡大して見ると、口に丸いものを乗せている。多分何かの木の実だろう。飴玉を舐めているようにも見える。一気に飲み込むようでもない。さて、ヒヨドリはこの実をどうやって食べるのだろうか。

幼鳥は　親鳥狙う　鬼子鳥

　塩谷海岸で日の出時に空撮。波打ち際でオオセ
グロカモメの後について歩いている図体の大きな
海鳥がいる。カモメの幼鳥らしい。親鳥の方は朱
の入った黄色い嘴と白黒のコントラストで見栄えが
良いのに、幼鳥は鬼っ子のようで可愛いさがない。

水浴びの　現場写せず　カワラヒワ

　　西野市民の森からの帰り道に中の川の川沿いの
土手道を選ぶ。川水の上にカワラヒワが居る。撮っ
た写真を拡大すると水滴のようなものが見え、水浴
びをしていたのかもしれない。水浴びの現場は写せ
ず、こちらに気付いた野鳥は早々に飛び去った。

群れるハト　カラスが数羽　監視かな

　ハトが集団で屋根に止まっている。何かの拍子
で一斉に飛び立つ。屋根に餌がある訳でもないの
に、この数のハトが群れているのが疑問である。
集団でいてカラスの攻撃から身を護るためかと推
測する。近くにカラスが数羽電線に止まっていた。

幼鳥が　木花に隠れ　親を待ち

　朝の散歩時に庭木の花に隠れるようにして野鳥が居るのを見つける。撮って拡大してみるとヒヨドリの幼鳥のようである。親鳥の運んでくる餌を待っているのか、じっとしていて動かない。木花はフサフジウツギで、涼しくなり花の勢いがない。

ヒヨドリの　啄む果肉　赤く見え

　　最近朝の散歩時に野鳥を撮る機会が減っている。
今朝は珍しくヒヨドリに出遭う。何かを啄んでいる。
写真を拡大してみると木の実のようで、近くにプラ
ムの実が写っているので、プラムの熟した部分かも
しれない。ヒヨドリはすぐに飛び去った。

頭から　緑色消え　交雑種

　赤れんが庁舎の前庭の池で撮ったマガモの雄鳥と思われる写真を見ていると、マガモの黄色い嘴はあるものの、頭部の緑色が灰褐色に置き換わっている。これはマガモとカルガモの交雑種ではなかろうかと思われる。その真偽の程は分からない。

胸の色　近づく秋を　予感させ

　久し振りに中の川でカモを見る。最近この川の川岸に住宅が増えて、川の周囲で見られた野鳥が減ってきている感じがする。カモは人を警戒する風でもなく、水中に頭を突っ込み水草を食べている。カモの胸辺りの茶色は近づく秋を予感させる。

ハトの首　色に惹(ひ)かれて　カメラ向け

　最近はさっぱり野鳥に出遭わない。身近な野鳥御三家のカラス、スズメ、ハトはどこででも見かけ、カメラを向ける気にならない。ハトは見る角度で首筋辺りが緑から紫の光沢のある色が現れ、そんな時に撮ってみる。大根の葉が秋の色である。

電気待ち　アカゲラの来て　未開国

　　地震後の大停電でひたすら電気が来るのを待つ。
1日半経っても電気は来ない。代わりに庭の木にア
カゲラが来ている。盛んに楓の枯れた幹を突いて
いる。する事もないのでアカゲラを何枚も撮る。停
電は2日にわたりそう。文明国とは思えない。

カワガラス　頭水中　狩り姿

　カワガラスが頭を流れの中に突っ込み狩りをして
いるところを撮る。川中で魚を捜すのだから眼は水
の中でも開いている。ただ、肺呼吸だからそんなに
長く水中に頭を入れてはおけない。短い時間でよく
魚なんかを捕まえられるものだと感心する。

野鳥の目に　朝日昇りて　アオジかな

天気が良く、庭で日の出時刻に空撮。その後散歩に出掛け林の開けたところで野鳥を撮る。拡大してみるとアオジのようである。目の周囲が黒ずんでいないので雌と判定する。写っている脚は細く、枝を捕まえる指の部分はかなり長いのに気が付く。

暗き森 明るくなりて 野鳥撮る

　日の出前の朝焼け空と夜の明かりの残る街を空
撮する。散歩道に選んでいる近くの森は朝の光が
届かず黒く写っている。空撮後、明るくなった早朝
の森の道でオオアカゲラを見つけて撮る。ボケ気
味の鳥影を空撮パノラマ写真に貼り込んでみる。

キジバトや　カメラ気にせず　情事なり

　　キジバトはいつもなら近くに人の姿があるとすぐに飛び去るのに、今朝の2羽は違っている。キジバトの注意は互いに相手にあるようだ。それを証明するように、お互い近づくと何度も情事に及んでいる。情事の最中は周囲が気にならない様子である。

目を見れば　間違いのなく　メジロなり

　　森の散歩道に入る手前の開けた場所で野鳥を撮
る。拡大するとメジロである。この場所で何度もメ
ジロを撮っており、この辺りに棲みついているよう
だ。かなり遠くの木に居たものをズームインして表
示しているので、解像度の上からは限界である。

墓地の中　探鳥散歩　スズメ撮り

　家人の関係の墓参りに付き合う。この近くは都市秘境散策講座を持っていた時に参加者と歩いている。これからの少子化を考えると共同墓地はもっと考える余地ありと思う。墓石にスズメが止まっているのを見つけて、写真に撮り探鳥散歩も兼ねる。

赤帽子　見事に撮れて　大鳥果

　森の散歩道でオオアカゲラの姿をカメラで捉え
る。頭の赤毛の部分が見事で、これほどの赤帽子
を被った姿は珍しい。止まった木は突くのに値する
かと品定めをしている目つきも撮れ、この一枚の写
真で2時間近くの森歩きは成果ありと評価する。

ヤマガラや 今日の一枚 雨の前

　日本海を進む台風 17 号が温帯低気圧となって北海道を通過する見込みで、札幌は午前中から荒れると天気予報。しかし、早朝は無風状態で嵐の前の静けさである。散歩の出がけにヤマガラの写真が撮れる。宮丘公園から帰路につく頃小雨が降り出す。

電柱の　シジュウカラ撮る　寒き朝

　　木に葉が多い季節では、野鳥がいれば街路の方が撮影し易い。ただ、人工物に野鳥というのも趣に欠ける一方、取り合わせの面白さもある。自宅の近くで電柱の傍に居たシジュウカラを撮る。どうして電柱の周りを飛び交っているのか不明である。

頭上から　小さき突音<ruby>突音<rt>とつおん</rt></ruby>　コゲラなり

　　森の道で頭上から木を突く音がする。音はそれ
ほど大きくなく、コゲラかと見上げると確かにコゲ
ラが餌を求めて枯れ木を突いている。図鑑には日
本産キツツキ類中最小の種の説明がある。写真を
拡大すると嘴の先に何か見えるがはっきりしない。

ホオジロが　羽色で告げ　そこの秋

　青空が広がっている。木の枝オにホオジロが止
まっている。この野鳥は見晴らしのきく木の天辺辺
りによく止まる。9月も終わりになると森の木々が
少しずつ黄紅葉に変化し始める。ホオジロの羽の
色は秋の色で、秋の到来を告げているかのようだ。

アオサギを　上手く撮れずに　気落ちなり

　　中の川の土手を歩いていて急に大型の野鳥が目
に入る。アオサギである。カメラを向けピントを合
わせる時間があればこそ、アオサギは飛び立って
しまう。慌てて撮った1枚は手振れを起こしていて、
羽の部分は辛うじて写っても頭や脚はボケる。

ヤマガラや　想定外の　近場撮り

　寒くなると住宅街近くでも野鳥を見かける。普通
は望遠レンズで遠い梢に止まっているのに狙いを
定めて撮る。それが急に目の前に現れたりすると、
焦点を合わせるのに手間取って、野鳥を撮り逃が
す。今朝は目の前のヤマガラをどうにか撮れた。

眼鏡かけ　愛嬌ありて　メジロかな

　　曇り空の下、鳴き声がして野鳥が群れている。
小型の野鳥で葉に隠れ、なかなか姿を撮ることが
できない。やっと撮ったものを拡大するとメジロ
である。メジロの目の周りの白斑が眼鏡をかけて
いるように見える。見た目に愛嬌のある鳥である。

衆院選　候補者も飛び　公示の日

雨模様で外に出ず居間からの野鳥撮りである。
木の枝に止まっていた野鳥が偶然飛び立つ姿をカ
メラで捉える。光が弱く鮮明な像にはならないけれ
ど、止まっている時の姿からヒヨドリのようである。
新聞休刊日で、ラジオで衆院選のニュースを聞く。

居間撮りの　季節になりて　シジュウカラ

　庭にシジュウカラ、ヤマガラ、カワラヒワがやっ
て来る。木の葉は残っていて、野鳥は葉の中に姿
を隠し、写真ではなかなか捉えることができない。
それでも繁みから出てイチイの木の幹に止まった
シジュウカラを居間に居ながら撮影してみる。

種を取る　曲芸見せて　カワラヒワ

　カワラヒワがヒマワリの種を食べに来ている。
びっしりと種のついたヒマワリはその重さもあって
か種を下にしている。カワラヒワは身体を下に向け
首を伸ばして種を咥える。野鳥の曲芸を見ているよ
うである。種のあるうちは野鳥観察ができる。

アオサギや　飛び行く姿　朝日差し

　　空の彼方に飛ぶ鳥を見る。長い翼からカラスで
はなさそうである。望遠で2、3枚撮ったところ
で視界から消えた。拡大してみるとアオサギのよ
うである。散歩道にある中の川には稀にアオサギ
が飛来する。この川で撮る野鳥は少なくなった。

ヤマガラは　ウォーリー探せと　枯葉中

　　公園隅の枯葉が散っているところにヤマガラが
飛来し餌探しをしている。ヤマガラの身体の色が
枯葉に溶け込み、自動撮影モードのカメラもどこに
焦点を合わせてよいか判断し兼ねている。風景の
中に紛れているウォーリー探せの野鳥版である。

ホオジロや　浸み込む朝日　秋の色

　ホオジロがフェンスのところに留まっているのを
撮る。中の川のサクラマスの遡上も終わったようで
魚影は見えない。写真を撮る対象は川の中から地
上や空に移る。朝日で赤味を帯びたホオジロに秋
の色が浸み込んできている。秋の入り口である。

ヒヨドリの　目玉に入りて　朝日かな

　　明け方というには早い時間に地震がある。多分
震源地は胆振東部だろう。そのまま起きてパソコン
の前で仕事をする。雨音が消え、雨が上がったの
で散歩に出かける。野鳥の鋭い鳴き声がする。群
れで飛んでいるのはヒヨドリで、止まった所を撮る。

鳥影も　音も小さく　コゲラかな

　　中の川沿いの道を歩いていると、まだ黄葉に
ならない葉の繁った木の上のほうからかすかなドラ
ミング音が聞こえる。葉がこんなにもあれば鳥影
を見つけるのは困難だろうと思いながら探すとコ
ゲラを見つける。どうにかその小柄な姿が撮れる。

黒装束 貴重な姿 残せたり

いつもの森の道を歩く。今日はクマゲラに２回ほど出遭う。全身が真っ黒でカラスみたく地味な鳥になるのを、頭部の赤い部分、白丸に黒点の目、白い嘴が見応えのある野鳥にしている。なかなか姿を現さないので撮影できると貴重な写真で残る。

ピントずれ　拡大できず　コゲラかな

　　近くの木の枝に一瞬のようにコゲラが止まる。カメラを向け1枚撮ると鳥影は消える。連写モードにしておけば何枚か撮れるけれど、後で処理するのが面倒で採用せず、失敗を重ねる。この写真も野鳥にピントが合っていないので拡大できない。

下向きに　移動の特技　写せたり

　探鳥散歩で出遭うカラ類はシジュウカラ、ヤマガラ、ハシブトガラ、ヒガラ等でゴジュウカラはあまり見ない。今日はそのゴジュウカラの写真が撮れた。この鳥は木の幹を横向きとか下向きで移動できる特技を持っている。その特技が写真に収まる。

期待せず　向けたカメラに　マミチャジナイ

　　西野市民の森の散策路で、カメラを向け鳥果を
期待しないで撮った写真にたまたま野鳥が写って
いる。はっきりした眉斑と目の下が白く、マミチャ
ジナイらしい。旅鳥で南下する途中のようだ。ツ
グミ科の鳥でアカハラに似ていて同定に少し迷う。

秋晴れや　アオジの斑が　水に溶け

　　秋晴れの良い天気。森の散策路につながる山道を歩いていると、道に出来た水たまりで野鳥が水浴びをしている。拡大してみるとアオジの幼鳥らしい。頭を水の中に入れて羽をばたつかせる。波紋が広がり、アオジの体の斑が水に溶け出たようである。

クマゲラを　天空に貼り　幸福感

　　散歩の途中で珍しい野鳥の写真がうまく撮れる
と幸運感に浸れる。今日は空撮した森の道でクマ
ゲラを見つけ、枯れ幹から頭を上げたところを撮る
ことができた。この 1 枚を撮ったところでクマゲラ
は消える。幸運な文字通りの今日の 1 枚となる。

アカゲラや　木漏れ日当たり　目立ちたり

　　黄葉の季節を迎え、やわらかい薄緑色の背景の中でアカゲラの白黒赤の体色が引き立ち、見応えのある色合いで写る。木の葉が落ちれば野鳥を撮り易いけれど、葉の無い枝ばかりだとやはり寂しい。季節の進行は秋が深まる手前で小休止である。

クマゲラは　カラスには無き　見せ所

　　木の幹の方向から音がする。アカゲラのドラミング音とも違う。これはクマゲラだろうと予想して捜すと、朽木の幹の裏側から姿を現す。朝日に光っている体の黒い部分はカラスそっくりでも、雄の赤い頭頂、長い白い嘴、丸い目玉に魅せられる。

ありふれた　スズメ被写体　野鳥撮り

　　運動不足を少しでも解消しようと思っての散歩を兼ねての写真撮影では、そうそう簡単に野鳥には出遭えない。今朝は曇り空でも暖かく、厚着をしての歩きは汗ばむ。スズメを野鳥というのも抵抗感はあるけれど、撮ることのできた野鳥である。

どこからが　体の白さ　シジュウカラ

　　数日前には大雪で今朝は雨降りである。外に出る気にならずカメラを窓の外に向け野鳥を探す。シジュウカラやヤマガラが庭木の周りを飛び回っている。雨降りでピントの合った写真にならない。ツツジの木の上のシジュウカラがどうにか撮れる。

カラマツや　二羽のヒヨドリ　鳥果なり

　最近は野鳥撮りから遠ざかっている。天気は良くはなかったけれど、林近くの道を歩いて野鳥を探す。カラマツの木にヒヨドリが2羽止まっている。番のようである。この辺りではヒヨドリぐらいしか見つからないので、これを撮り鳥果とする。

アカゲラや　上手く撮れずに　散歩道

　散歩中に野鳥はそこそこ見かける。だが、ブログの写真にするようなものが撮れない。今朝はアカゲラを目にする。木の幹にでも止まって虫を獲る状態だと比較的撮り易い。これが木の枝に止まっていると、すぐ場所を移動するので上手く撮れない。

葉を落とし　撮影助け　サクランボ

　　運動不足解消のため毎朝歩く。1回の散歩でお
およそ3千歩。散歩のついでに野鳥を撮ったりし
ている。今日はシジュウカラが目に留まる。動きが
速くてなかなかカメラで捉えられない。サクランボ
の木の葉が散って、この点では撮影条件が良い。

ヒヨドリや　魚にも似て　飛び姿

　ヒヨドリが枝から離れるところを撮る。ヒヨドリ
の飛び姿は飛ぶというより水中を泳ぐ魚のように見
える。羽と脚を身体と一体化して流線形になり、水
よりは流体抵抗の少ない大気中を滑空していく。
大空を自由に泳げる鳥は気分が良いのだろう。

カラ鳥が　木の芽啄む（ついば）　降雪（ゆき）の前

　パソコンに向かっている時間が長いので、機会を作って歩くように心掛けている。歩く時はカメラを提げて野鳥を探す。今日撮った野鳥はハシブトガラかコガラのようである。木の芽を啄んでいるようだ。他にも野鳥は居たが上手く撮れなかった。

2019年11月5日

カメラ向け　逃げぬスズメや　オンコの木

　シジュウカラを見かけ撮影に失敗し、代わりにス
ズメを撮る。スズメは身近に居ても、人間との距離
が縮まらない野鳥である。写真に撮ろうとするとそ
れを察知してすぐ逃げる。オンコの木に止まって
いてカメラを向けても逃げない１羽を撮る。

お披露目は　青色帽子　シジュウカラ

西野川の擁壁に止まっているシジュウカラを撮る。シジュウカラの胸にあるネクタイに見える部分と頭は黒なのだが、撮影したものは頭が青く写っている。光線の当たり具合でこのように見えるのだろう。しかし、あまり見た事のない写り方である。

遅き初雪　初めて撮りて　ミソサザイ

　　今年は札幌の平地部での初雪が遅い。明日は初
雪の予報である。森の道でミソサザイを初めてカメ
ラに収める。近くに中の川の渓流もある場所で、今
までも居たのだろうけれど、初対面となる。短い尾
を立ててモデル然として枯れ木に止まっている。

ヤマゲラや　写真撮る間の　一会なり

　めったに見ない野鳥に出遭って、上手く写真が
撮れると大鳥果である。今朝森の道でヤマゲラを
見つけ、写真を1枚撮ることができた。1枚の写
真を撮影する短い間の邂逅である。爪句に「邂逅」
を読み込むと字余りになるので「一会」にした。

紅葉が　アカゲラを呼ぶ　八重桜

　　今日は時折の雨で散歩に出掛けず、野鳥撮影は
あきらめていた。ガラス窓越しに庭を見ていると
八重桜の木にアカゲラが飛んで来て止まる。1枚
撮るとアカゲラは八重桜の紅葉に隠れ、その後飛
び去る。森まで行かずとも野鳥の方で来てくれた。

2019年11月13日

キバシリや　遂に出遭えて　秋日和

　名前は耳にするけれど、これまで目にした事の
なかった野鳥を今朝撮影できた。キバシリである。
小さな鳥が保護色で装っていて、個体数もさほど
多くない。このため目にすることは稀である。写
真には下方に湾曲した嘴の特徴が写っている。

クマゲラや　声を追いかけ　見つけ撮る

　森の道で鋭い鳴き声を耳にする。クマゲラである。それにしてもこの声を何と書き出せばよいのか。犬の鳴き声は「ワンワン」と記すけれど、最初聞いてこのような表現に辿り着けるだろうか。鳴き声の辺りを窺ってクマゲラの姿を見つけて撮る。

2019年11月23日

貼付けの　カモメ大きく　虎杖浜

　室蘭本線の虎杖浜駅の駅前通りを南東方向に進み、国道36号を横切ると虎杖浜の海岸に達する。波消しブロックが並ぶ砂浜でドローンを上げて空撮を行う。海岸の上を飛んでいたカモメを空撮の空に貼りつける。空遠く実際のサイズでトビが写る。

2019 年 11 月 28 日

アカゲラや　白斑目立つ　個体なり

　風があり気温は低い。日課の散歩は探鳥を兼ね
て森の道を歩く。坂では足元が滑るので慎重に歩
く。踏ん張る力が弱くなっているので、ちょっと滑っ
ても転倒の危険がある。アカゲラを見つけて写真
に撮る。肩辺りにある白斑が大きな個体である。

写真より　墨絵で描いた　コゲラかな

時折小雨で道路の雪が解けていて、気温は高い。探鳥散歩で家の近くを歩く。カメラが雨で濡れるのが嫌で早々に引き返す。コゲラが居たので撮ってもピントが合わず、空を背景に暗く写る。画像処理で明るくし、コントラストを強めると墨絵になる。

頭下　尻尾は上で　特技見せ

　木の幹に何か動くものがあり撮って拡大してみる。ゴジュウカラである。頭を下にして幹を下りるという、この鳥の特技を見せてくれている。この特技を知らないと、鳥の前後を間違えるかも知れない。足が写っていないので、幹の枯葉にも見える。

山雀が　道行く人を　見つめたり

　　ヤマガラは山雀で、漢字表記では山に棲む野鳥
の感じである。しかし、結構住宅街でも見ることが
でき、今日は住宅のコンクリート塀のところに居た
のを撮ることができた。コンクリート塀の水抜き穴
を覗いたりして、巣になりそうか点検している。

枝邪魔し　ピントぼけたり　シジュウカラ

晴れて天気の良い朝になる。早朝の気温はかなり低い。森の散歩道でシジュウカラを撮る。フォーカスが手前の枝に合って野鳥はピントが少々ぼけて写る。シジュウカラは枝にある実を食べに来たようであるけれど、この実が何なのか分からない。

2019 年 12 月 10 日

雪玉に　点の目描き　シマエナガ

　シマエナガは近年人気が出てきた野鳥である。
今朝そのシマエナガを何枚か撮ったけれど、遠く
の木に止まっていて鮮明な写真が得られず。頭と
胴の境目がはっきりしなくて、白い雪玉に小さな点
目を描いたように見える。尻尾は名前の通り長い。

アカゲラや　視線の先に　木の実あり

　天気予報では朝曇り、その後晴れで予報通りの展開となる。今朝の鳥果は如何に、と雲に陽が隠れたり、出たりの山道を歩く。アカゲラが枝に止まっている。近くの実を狙っているようで、木の中の虫ばかり獲っているかと思うと木の実も食べる。

居眠りを　判定できず　ツグミの目

　木の上でじっとして動かない野鳥が居る。撮っ
た写真を拡大するとツグミである。同じ姿勢を保っ
て動かないので眠っているのかも知れない。目を
開いているのか閉じているのか写真で判定しよう
としても、目の周囲が黒いのではっきりしない。

ヤマゲラや　羽色消えて　曇り空

　　今日は街に出る予定なので探鳥散歩は近場にと
どめる。木の高いところに少し大型の野鳥を見つ
けて撮る。曇り空の光の加減で色が鮮明に出ない。
光が十分なら黄緑色の羽のヤマゲラが写っている。
この鳥の特徴の羽の縁の白黒模様が見えている。

アカゲラや 嘴飾り 六華なり

　クラウドファンディングの返礼品をポストに投函したついでに、西野市民の森で野鳥を撮る。時折雪が降ってくる中、アカゲラを見つけて撮影する。拡大して見ると嘴のところに雪がひっかかり雪の結晶が見えるほどである。六華の嘴飾りである。

アカゲラに　そっぽ向かれて　森の道

　　アカゲラを見つけたので撮る。顔が少し向こう
向きになって、嘴が写っていない。何かそっぽを
向かれた感じである。野鳥がカメラを意識して
こち向きになってくれるとは考えられないけれど、
もう少し愛想良くしてくれよ、と思ってしまう。

ヤマゲラや　口髭ありて　雌鳥(めどり)かな

　森の道を歩いていて、ヤマゲラが木の間を飛び
回り幹に止まるを見つけて撮る。前頭部に赤毛が
見られないので雌のようである。雌でも口髭のよう
な黒毛が嘴の根元から頬にかけてある。黄緑色の
背中と羽に黒白の縞模様の羽の縁が洒落ている。

クリスマス　カワガラス出て　贈り物

　　クリスマスイブの日。寒い朝で今冬一番の冷え
込みではなかろうか。寒さのせいか森の道を歩い
ていても野鳥に出遭わず。野鳥撮影をあきらめか
けていると、中の川の上流のところでカワガラス
を見つける。これはクリスマスプレゼントである。

体色で　ヤマガラ認め　朝の森

　ヤマガラの黄褐色は目立つ色で、色の乏しい冬
季の森で飛び回っていると、体は小さくともヤマガ
ラとすぐ認識できる。カラ類は一般に忙しなく飛び
回り、なかなか写真に収まらない。幾度か撮り逃が
し、写真に収めても色はとも角、ピントが甘い。

雪の糸　シメと重なり　雪の朝

　朝から雪降り。探鳥散歩に出掛けず。ガラス戸
越しに庭を見ているとシメが来て楓の枯れ枝に止
まる。カメラの自動設定で撮っていて、光が弱く
シャッター速度が遅くなったせいか降る雪が白い
流れ線で写る。雪が激しく降っている感じになる。

鉄橋や　飛ぶトビの下　錆てあり

　　静内川は新ひだか町の市街地の東側を流れ、河口近くに鉄橋が架かっている。鉄橋の下は公園で、雪で覆われている。公園でドローンを上げて空撮を行うと、もう列車の通過する事がなくなった鉄橋が写る。その上をトビが飛んでいるのが見える。

顎髭を　蓄えた野鳥　ヒガラなり

　　日高路の空撮旅行から帰札して又探鳥散歩の日
常に戻る。晴れていても風が強い。小さなカラ類
を撮る。立派な顎髭のように見える黒毛があり、
ヒガラである。カラ類のうちで最小の鳥。野鳥が
正面を向いたところの撮影は難しく、鳥果である。

大晦日　雪降りに撮る　ヒガラかな

　　北日本の日本海側は大荒れの天気予報であったけ
れど、札幌は午前中雪が降る程度の落ち着いた天気。
道沿いの住人が簡単な餌箱を木に架け、そこにヒガ
ラが来たところを撮る。餌箱があると近くで待って
いると野鳥が現れるので安易な撮影となる。

あとがき

　近年の爪句集出版に際しては、クラウドファンディング（CF）を利用してきている。36集（2018・7）から42集（2020・2）まで、39集を除いてはいずれも出版費用の一部をCFに支援を仰いでいる。あるいは他の目的のCFで、出版した爪句集をリターン（返礼品）にしている。

　CFはCrowd Fundingであり、不特定多数の人からの資金調達が本来の意味である。著者の場合は、特定少数からの寄付といったところである。本爪句集は新聞社のCFを利用している。新聞にプロジェクト（爪句集出版）の広告を載せてもらえるので、受け取る支援金が2割差し引かれても広告費と割り切っている。しかし、新聞での広告の効果を疑う場合もある。

　大々的広告が毎日のように新聞に載っているところに、それほど大きくもない広告が1回載ったとしても、読者の目に留まらないようだ。留まったとしても商品販売ではないので、寄付行動まで

つながらない。この状況では、著者の連続した CF では、毎回知った人が支援者で名前が出てくる。

さらに今回の CF で不特定の支援者が現れないのは、新型コロナウイルス騒動の影響もあるのではないかとも考えている。外出自粛などと人々の行動を制限する事態になると、気分的にも落ち込み、豆本写真集出版を支援する気持ちにもならない、というのもかなり影響しているのではないか。

新型コロナ禍は気分に作用する以上に、実際の CF 活動制限に及んできている。北海道立文学館の保存資料のアーカイブ常設展「豆本ワールド」が 2020 年 4 月 11 日から開催された。これまで出版してきた爪句集第 1 集〜第 42 集も展示されたが 2 日間の開館だけで、ウイルス感染予防のため 13 日から GW 明けまで閉館となった。そして閉館は再度延期された。ウイルス騒動がなければ CF の活動報告として宣伝できたはずである。

こんな状況で、毎回著者の CF のアナウンスに応じて、支援していただいた方々には感謝である。

北海道立文学館「豆本ワールド」展での爪句集全 42 巻の
展示とスマホに表示した北海道新聞の CF 広告

CF の案内にも書いたように「あとがき」の最後
に支援者のお名前を記載して謝意を表したい。

　いつもの事ながら本爪句集出版では、共同文化
社とアイワードの方々にお世話になっており、こ
れらの方々にお礼申し上げる。又これも毎集の爪
句集「あとがき」に判を押したように書いている
けれど、妻の CF ではない支援に感謝している。

道立文学館常設展「豆本ワールド」 （許可を得て撮影）

クラウドファンディング支援者のお名前
（敬称略、寄付順、2020 年 4 月 30 日現在）

三橋龍一、森成市、相澤直子、萩　佑、和島英雄、
芳賀和輝、ウッケッドウ　ダビデ、宮崎昭人、
柿崎保生、滑川知広、中村　博、青木順子

著者：青木曲直（本名由直）（1941 ～）

北海道大学名誉教授、工学博士。1966 年北大大学院修士修了、北大講師、助教授、教授を経て 2005 年定年退職。e シルクロード研究工房・房主（ぼうず）、私的勉強会「e シルクロード大学」を主宰。2015 年より北海道科学大学客員教授。2017 年ドローン検定 1 級取得。北大退職後の著作として「札幌秘境 100 選」（マップショップ、2006）、「小樽・石狩秘境 100 選」（共同文化社、2007）、「江別・北広島秘境 100 選」（同、2008）、「爪句@札幌&近郊百景 series1」～「爪句@今日の一枚―2019 series42」（共同文化社、2008 ～ 2019）、「札幌の秘境」（北海道新聞社、2009）、「風景印でめぐる札幌の秘境」（北海道新聞社、2009）、「さっぽろ花散歩」（北海道新聞社、2010）。北海道新聞文化賞（2000）、北海道文化賞（2001）、北海道科学技術賞（2003）、経済産業大臣表彰（2004）、札幌市産業経済功労者表彰（2007）、北海道功労賞（2013）。

≪共同文化社　既刊≫

〔北海道豆本series〕

1　爪句@札幌＆近郊百景
212P（2008−1）
定価　381円＋税
2　爪句@札幌の花と木と家
216P（2008−4）
定価　381円＋税

3　爪句@都市のデザイン
220P（2008−7）
定価381円＋税
4　爪句@北大の四季
216P（2009−2）
定価476円＋税

5　爪句@札幌の四季
216P（2009−4）
定価476円＋税
6　爪句@私の札幌秘境
216P（2009−11）
定価476円＋税

7　爪句@花の四季
216P（2010−4）
定価476円＋税
8　爪句@思い出の都市秘境
216P（2010−10）
定価476円＋税

9　爪句@北海道の駅-道央冬編
P224（2010-12）
定価476円+税

10　爪句@マクロ撮影花世界
P220（2011-3）
定価476円+税

11　爪句@木のある風景-札幌編
216P（2011-6）
定価476円+税

12　爪句@今朝の一枚
224P（2011-9）
定価476円+税

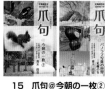

13　爪句@札幌花散歩
216P（2011-10）
定価476円+税

14　爪句@虫の居る風景
216P（2012-1）
定価476円+税

15　爪句@今朝の一枚②
232P（2012-3）
定価476円+税

16　爪句@パノラマ写真の世界-札幌の冬
216P（2012-5）
定価476円+税

17　爪句@札幌街角世界旅行
224P（2012−7）
定価 476 円+税
18　爪句@今日の花
248P（2012−9）
定価 476 円+税

19　爪句@札幌の野鳥
224P（2012−10）
定価 476 円+税
20　爪句@日々の情景
224P（2013−2）
定価 476 円+税

21　爪句@北海道の駅−道南編1
224P（2013−6）
定価 476 円+税
22　爪句@日々のパノラマ写真
224P（2014−4）
定価 476 円+税

23　爪句@北大物語り
224P（2014−11）
定価 476 円+税
24　爪句@今日の一枚
224P（2015−3）
定価 476 円+税

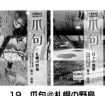

26 爪句＠北海道の駅
—根室本線・釧網本線
豆本　100×74㎜　224P
オールカラー
（青木曲直 著　2015-7)
定価476円＋税

26 爪句＠宮丘公園・
中の川物語り
豆本　100×74㎜　248P
オールカラー
（青木曲直 著　2015-11)
定価476円＋税

27 爪句＠北海道の駅
—石北本線・宗谷本線
豆本　100×74㎜　248P
オールカラー
（青木曲直 著　2016-2)
定価476円＋税

28 爪句＠今日の一枚
—2015
豆本　100×74㎜　248P
オールカラー
（青木曲直 著　2016-4)
定価476円＋税

29　爪句@北海道の駅
—函館本線・留萌本線・富良野線・石勝線・札沼線

豆本　100 × 74㎜　240P
オールカラー
(青木曲直 著　2016−9)
定価476円+税

30　爪句@札幌の行事
豆本　100 × 74㎜　224P
オールカラー
(青木曲直 著　2017−1)
定価476円+税

31　爪句@今日の一枚
　　　―2016
豆本　100 ¥ 74㎜　224P
オールカラー
（青木曲直 著　2017-3）
定価476 円+税

32　爪句@日替わり野鳥
豆本　100 × 74㎜　224P
オールカラー
（青木曲直 著　2017-5）
定価476 円+税

33　爪句＠北科大物語り
豆本　100×74㎜　224P
オールカラー
（青木曲直 編著　2017-10）
定価476円＋税

34　爪句＠彫刻のある風景
　　　—札幌編
豆本　100×74㎜　232P
オールカラー
（青木曲直 著　2018-2）
定価476円＋税

35 爪句@今日の一枚
　—2017

豆本　100 × 74㎜　224P
オールカラー
（青木曲直 著　2018-3）
定価476円＋税

36 爪句@マンホールのある
　　　　風景 上

豆本　100 × 74㎜　232P
オールカラー
（青木曲直 著　2018-7）
定価476円＋税

37 爪句@暦の記憶
豆本　100 × 74㎜　232P
オールカラー
（青木曲直 著　2018−10）
定価 476 円＋税

38 爪句@クイズ・ツーリズム
豆本　100 × 74㎜　232P
オールカラー
（青木曲直 著　2019−2）
定価 476 円＋税

39　爪句@今日の一枚
　　―2018

豆本　100 × 74mm　232P
オールカラー
(青木曲直 著　2019-3)
定価476円+税

40　爪句@クイズ・ツーリズム
　　―鉄道編

豆本　100 × 74mm　232P
オールカラー
(青木曲直 著　2019-8)
定価476円+税

41 爪句@天空物語り
豆本　100×74㎜　232P
オールカラー
（青木曲直 著　2019-12）
定価455円+税

42 爪句@今日の一枚
　　―2019
豆本　100×74㎜　232P
オールカラー
（青木曲直 著　2020-2）
定価455円+税

北海道豆本　series43

爪句@365日の鳥果
都市秘境100選ブログ　http://hikyou.sakura.ne.jp/v2/

2020年6月10日　初版発行

著　者　青木曲直（本名 由直）
企画・編集　eSRU出版
発　行　共同文化社　〒060-0033　札幌市中央区北3条東5丁目
　　　　　　　　　　TEL011-251-8078　FAX011-232-8228
　　　　　　　　　　http://kyodo-bunkasha.net/
印　刷　株式会社アイワード
定　価：本体455円＋税